AF297730

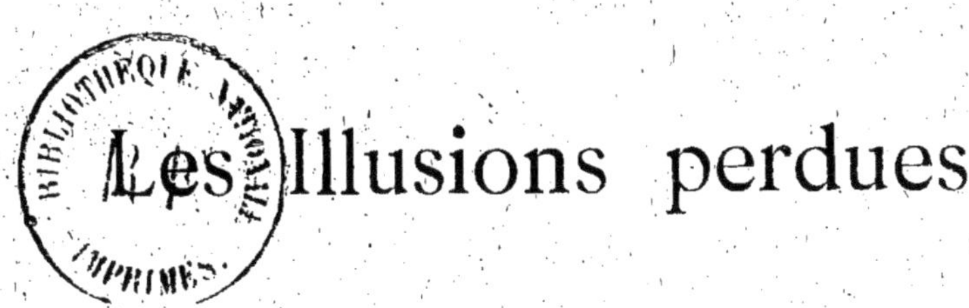

Les Illusions perdues

SAINT-DENIS. — IMPRIMERIE H. BOUILLANT, 20, RUE DE PARIS.

Les
Illusions perdues

SIMPLES PAGES D'UN JOURNAL

RECUEILLIES PAR

FRANÇOIS BERTHET

PARIS

LIBRAIRIE PAUL OLLENDORFF

28 BIS, RUE DE RICHELIEU, 28 BIS

—

1899

Tous droits réservés.

A MA MÈRE QUI M'A FORMÉ LE CŒUR, A MA
TENDRE AMIE, RECONNAISSANT ET PIEUX
JE CONSACRE CE LIVRE.

François BERTHET.

12 septembre 1898.

LES
ILLUSIONS PERDUES

Montgivray, 3 décembre 189...

Quand j'acceptai de venir, au printemps
passé, installer l'usine de Montgivray, je ne
pensais pas y rester jusqu'à l'hiver. Si loin de
Paris! Comme exilé au bord de ce torrent,
sur les pentes du Jura qui dominent le lac de
Genève.

Cette solitude finit par m'imposer sa douceur bienfaisante. Après la journée passée au
milieu d'ouvriers indifférents, plus disposés
à voir dans l'exactitude de mon devoir une
gêne qu'un exemple à suivre, que de charme

1

ne trouvais-je pas à profiter des dernières heures du jour, pour monter à travers les bois jusqu'à un grand tertre, d'où la vue embrasse l'horizon! Souvent, assis sur une roche au milieu des bruyères, j'y restais sans m'apercevoir de l'ombre qui doucement montait de la plaine. Les roses du couchant avaient passé, effeuillées dans un ciel vert tendre. Une brume violette avait enveloppé les montagnes. La nuit était venue.

Heureux celui pour qui une soirée étoilée est la meilleure récompense d'une journée bien accomplie!

5 décembre.

Des machines à mettre en place et régler,
les derniers arrangements me retiennent ici.
Ces circonstances favorisent ma résolution de
passer dans le calme de la nature un hiver
de retraite. J'y pourrai mettre quelque ordre
dans mes idées, à l'âge où l'expérience et les
déceptions y ont jeté leur premier désarroi,
où déjà les peines ont à jamais rendu ma vie
incapable d'un bonheur complet, où l'inquié-
tude des éternels problèmes mêle à toutes
mes pensées leur mystère et leur espoir.

Loin de m'effrayer, cette perspective m'est
douce et paisible. J'ai quelques ouvrages

sérieux dont la lecture me rendra cet hiver-
nage profitable. Le temps est venu d'utiliser
tous ses loisirs. Hélas, cette préoccupation est
déjà ne plus être jeune, mais pourquoi l'être
toujours, serait-ce un si grand bien, ignorer
le mal, est-ce empêcher son existence !

8 décembre.

Le passage du facteur est, dans cette solitude, un événement familier dont l'accoutu-
mance ne saurait déflorer le plaisir. Je con-
nais son heure, son pas, sa façon d'ouvrir la
porte du vestibule au rez-de-chaussée de la

petite maison que j'habite. C'est un brave
homme, simple et complaisant. Son bâton
ferré sous le bras, il cherche dans sa sacoche,
en tire encore une lettre : Cette fois c'est
bien tout, dit-il invariablement. — Il me relie
à ce qui peut subsister encore pour moi
d'affection et de souvenir; il bénéficie en
quelque manière de la reconnaissance que j'en
éprouve, sans se douter des sentiments et du
léger émoi que chaque jour sa visite renou-
velle.

Aujourd'hui, il m'a apporté la lettre d'un
ancien camarade de Paris, qui rompt un long
silence et m'écrit sous l'influence du remords
attendri d'un lendemain de fête, où, dans le
choc des verres, mon souvenir a été rappelé.
Il flétrit l' « odieux oubli » en termes lyriques
qui se ressentent des impressions de la veille.
Nous avons partagé les mêmes études, les
mêmes plaisirs, passé des soirées bruyantes
au cabaret philosophique de *La Nouvelle Arcadie*, où se réunissaient, autour de la table

réservée aux grands hommes inconnus, toutes
les figures charmantes de la tradition, plu-
sieurs poètes et artistes, des futurs savants,
des médecins, un théologien, et le vieux
bohème que toujours on retrouve dans ces
réunions.

Le vieux bohème, paresseux, original,
sceptique, qui a déjà discuté à la même place
avec bien des célébrités parvenues. Il n'était
pas des moindres esprits de la jeunesse de son
temps, mais il a dédaigné une carrière brillante par paresse ou par une sorte de philoso-
phie décevante. Son rôle n'est peut-être pas
indifférent aux fins de la providence. En des
controverses passionnées, en des discussions
d'une esthétique truculente, il enseigne et
aguerrit les jeunes qu'il prépare à la lutte.
Dans ces polémiques ardentes, les sentiments
s'exaltent, des indignations se révoltent, les
générosités du cœur s'épanouissent. Tout cela
s'épure plus tard. Des grandes œuvres ont
germé là, des rêves d'art dont la réalisation a

été poursuivie, des émulations, des héroïsmes
qui dans la suite se sont manifestés, des explo-
rations lointaines, des dévouements, de nobles
sacrifices. Que de fantaisies écloses, que d'en-
thousiasmes vibrants, floraison des idées, forêt
merveilleuse où poussent des plantes rares et
des fleurs étranges stériles !

Telle était *la Nouvelle Arcadie*, où le théologien Parbès lançait des anathèmes inoffen-
sifs contre l'Église, scandalisant Nini, la petite
amie du peintre Narcisse, qui s'écriait en
colère : Ah, dis-donc, vilain type, tu sais, je
suis une fille bien élevée !

Narcisse, élève de l'École des Beaux-Arts,
fréquentait irrégulièrement l'atelier du maître.
Il créait des prétextes à sa flânerie d'artiste,
ne trouvait jamais une place convenable, dans
un jour assez favorable. Alors il allait à la
campagne et mettait beaucoup de poésie dans
de vagues paysages qu'il laissait inachevés.

Il avait commencé un grand tableau, une
machine à sensation, « l'Été », toute une syn-

thèse de la terre, avec, au premier plan, un champ de blé frissonnant, mais, un beau jour de moisson, il avait trouvé le blé coupé, et depuis ce temps il ne décolérait plus contre les paysans qui mettaient leurs pattes sur la nature.

Temps de jeunesse! Je ne crois pas vous regretter, car votre enchantement même est dans la brièveté de vos heures, mais je ne saurais sans ingratitude oublier tout votre poème, avec ses grandiloquences et ses misères, ses amours magnifiques et ses songes de nuits d'été, la recherche des vérités, la passion du beau, les gages éternels, tout ce qui est absolu. Puis la vie, en ses transformations, suit son évolution, et l'expérience, hélas, amène les compromis. Votre souvenir me pénètre d'une rare et précieuse émotion. Illusions, illusions, vous êtes toutes les splendeurs du cœur!

12 décembre.

Les arbres sont dépouillés de leurs feuilles.
Les sapins paraissent plus sombres. Près de
ma maison, un lierre énorme entoure un chêne,
et cette végétation luxuriante paraît en cette
saison un non-sens dans la nature.

Avez-vous remarqué qu'il est dans les bois
des lierres délicats qui montent le long des
troncs tendrement. Il en est d'autres à grandes
feuilles communes, comme celui de ce chêne,
qui enserrent l'arbre et envahissent toutes
ses branches avec une profusion sans grâce.

En ce symbole la nature nous montre les
amitiés délicates et les autres.

L'amitié! l'amitié!...

Je ne crois pas à l'amitié parfaite. L'homme, égoïste et trop vulgaire de sentiments, n'a pas la délicatesse et l'intuition des choses du cœur. La femme, par son exquise sensibilité, en peut laisser entrevoir le rêve enchanté, elle y croit dans sa sincérité, mais, trop impressionnable, elle est en proie à tous les entraînements où l'emportent son caprice et sa faiblesse. Femme, être éternellement inquiet, que tous les pardons soient pour toi, parce que, seule, dans tes erreurs, dans ces actes qui sont pourtant nos tortures, tu mets toujours de ton pauvre cœur.

Il faut de plus nobles sentiments pour une longue amitié que pour de longues amours. On voit plus d'anciens amoureux fidèles que d'anciens amis. Dans l'amitié, il faut aimer toujours, conserver la noblesse du cœur, une délicatesse constante, tandis qu'en amour c'est souvent le souvenir d'une complicité, qui retient des amants qui ne s'aiment plus. On revient à un amour indigne. En amitié, une simple vulgarité peut être mortelle, elle ne survit pas à la douleur de la trahison, et le mal est toujours « l'irréparable ».

Je donne l'ordre d'extirper l'affreux lierre dont le feuillage brillant détruit l'harmonie de ce paysage d'hiver.

15 décembre.

Bloqué par la neige, je ne puis sortir et je lis les *Reisebilder* d'Henri Heine. Je pensais tirer quelque agrément de cette lecture, mais je suis déçu. La célébrité de ce livre a dépassé son mérite et ne peut s'expliquer que par la personnalité de son auteur. Le style en est, il est vrai, excellent, et je ne crois pas qu'il y ait exemple plus curieux d'un écrivain s'exprimant avec cette perfection dans une langue étrangère.

Comme fonds les *Reisebilder* n'ont rien de remarquable, il n'y a pas une idée vraiment belle, généreuse, mais une plaisanterie continue et sans grâce. Les images et les comparaisons culinaires abondent; cette cuisine est parfois de lecture bien fastidieuse.

L'esprit qui consiste à tourner en ridicule tous les travers physiques ou autres, même de gens sans prétention, est fatigant et déplaisant : tel est celui de Heine. Se moquer de certains sots est légitime, puisqu'ils s'y exposent par leur fatuité, mais s'attaquer à tous, à des marchands parce qu'ils sont marchands et ont des manières de marchands, est sottise pire en son genre que ces prétendus ridicules.

Le septicisme et l'ironie ne produisent rien de grand.

18 décembre.

Loin des rumeurs et de la contagion des villes, la politique apparaît dénuée de tout prestige, avec ses non-sens et ses erreurs. La plus importante des magistratures, celle qui est chargée de l'élaboration des lois, qui devrait être au-dessus des passions et des influences intéressées immédiates, est livrée à toutes les brigues, à toutes les ignorances, à toutes les avidités. Au lieu d'être la carrière des hommes les plus éminents, elle n'est que le réceptacle d'une majorité d'individualités sans valeur, sans talent, sans conscience.

Que les fonctionnaires, instruments et ministres des lois, soient jeunes et dans toute l'activité de l'action, c'est un bien, mais il faudrait, dans une bonne constitution de l'État, que les magistrats, auxquels est confiée la mission supérieure de l'établisse-ment des lois, ne puissent faire partie d'une assemblée législative avant quarante ans, dans toute l'expérience des hommes et des choses de la vie. A cet âge aussi, l'homme, près de couronner une carrière honorable et honorée, songe déjà moins à des rêves d'ambition personnelle dont un avenir trop court rend la réalisation plus incertaine.

Que de lois mauvaises ont été soute-

nues avec éclat, avec plus de générosité que
de prévoyance et de bon sens par des hommes
jeunes, qui, trop tard, en ont pu entrevoir et
regretter les conséquences!

Et ce ne sont là que des erreurs sincères,
mais quel bien ne serait-ce pas que de voir se
fermer la porte qu'ouvre la politique aux
jeunes énergumènes, à peine sortis d'études
irrégulières et incomplètes, qui ne savent
rien de la vie et veulent déjà régénérer les
sociétés, stagiaires en droit qui n'ont retenu
des codes que la rouerie; fils de maires
influents, bellâtres, dont l'orgueil paternel
est de faire des députés; répétiteurs d'études
négligents et sans zèle, qui aspirent à devenir
ministres, pour mieux se venger de leurs
proviseurs; ingénieurs ratés, et tant d'autres
qui, de la politique et de la prétention de
diriger l'État, veulent se créer une carrière,
quand ils sont incapables de la moindre entreprise personnelle, tous déclassés malfaisants
qui, pour satisfaire une ambition et des inté-

rêts sans scrupule, pour parvenir et se mettre
en vue, entrent dans toutes les intrigues,
n'hésitent pas à se faire, sans conviction et
sans sincérité, les défenseurs, et les propaga-
teurs hasardeux des théories les plus funestes.

On verrait alors davantage dans les par-
lements, objets du respect des nations, des
hommes ayant déjà donné des preuves de
sagesse dans leurs affaires particulières, et la
politique serait moins envahie par les ambitions hâtives des politiciens de métier, que
les obligations de la vie auraient mis d'abord
dans la nécessité d'appliquer ailleurs leurs
aptitudes et de devenir peut-être des hommes
honnêtes et utiles.

25 décembre.

Noël.

Seul au monde, je songe à toutes les joies
de ce jour et cette pensée, loin de m'attrister,
m'est douce. Sans illusions pour moi-même,
j'ai le plus profond respect pour celles des
autres et je me réjouis de l'insouciance de
leur bonheur. Rien ne traduit mieux les sentiments que j'éprouve que cette parole d'une
douceur évangélique : Ne réveille pas l'es-
clave qui dort, il rêve peut-être qu'il est
libre.

J'ouvre la Bible de famille, où lisait ma
mère dans la grâce de sa jeunesse, mes yeux

passent doucement sur ces lignes où les siens
ont passé, et c'est avec une sainte émotion
que je relis l'histoire de cette nuit étoilée, ce
chapitre si délicieusement simple de la naissance de Notre Seigneur.

C'est l'unique page que tous les âges repas-
sent dans le même attendrissement, depuis
l'enfant qui en écoute avec admiration le récit
jusqu'au philosophe, au penseur, au poète,
émus par cette humble naissance, cette crèche
où accourent déjà tous les malheureux, les
simples, les chargés de fardeaux, et les mages
savants de l'Orient, — tous y vont chercher
un espoir, un soulagement à leurs maux
physiques, un refuge contre leurs angoisses
morales, une réponse aux incertitudes de leurs
sciences sacrées.

Les religions antiques de l'Inde et de
l'Égypte n'avaient apporté aucune consola-
tion au monde. Dans toutes ces théocraties si
vantées, il y avait des inégalités, des castes,
des degrés d'initiation, des terreurs, des épou-

vantes, des mystères secrets. C'était une mise
en scène, où l'on retrouve la préoccupation
des fondateurs de religion de frapper les
esprits. Tout cet appareil était bien humain.

Le Christ est venu, il a vécu d'une vie
publique, recherchant les humbles, et par la
sainteté de sa vie il n'a jamais donné prise
aux ennemis irrités qui l'observaient.

Il est venu, il l'a dit, pour mourir, simplement mourir pour expier, pour racheter les
fautes de ceux qui se repentent et veulent
devenir meilleurs.

O sublime, ô divine simplicité !

Comment nier l'inspiration supérieure,
comment égaler la magnificence d'une religion qui a

Ce dogme : la foi, —

Ce culte : Tu adoreras le Seigneur ton
Dieu en esprit et en vérité, —

Cette morale : Tu aimeras ton prochain
comme toi-même.

*
* *

Avant de me coucher j'ouvre ma fenêtre qui domine le torrent. Il a neigé dans la soirée et le ciel s'est éclairci. Le spectacle de cette vision d'une si douce blancheur n'a plus rien de réel. On dirait de merveilleuses dentelles ajourées. Les grands arbres éux-mêmes, avec leurs rameaux qui s'étendent sur le ravin, paraissent brodés dans une trame admirable, fleurie de toutes les formes que prend la nature dans ses prestiges. Des ombelles inclinées, des tiges toutes droites, des palmes triomphales s'élèvent et s'entrecroisent en tout sens sous cette voûte, où des lianes suspendent leurs guirlandes, au-dessus des remous argentés du torrent. Tout cela est si délicatement enveloppé dans la lumière bleue des étoiles que les motifs entrevus se perdent, inachevés, dans l'infini du rêve...

Je restai longtemps en contemplation devant tant d'idéale beauté, répétant les divines paroles de cette journée : Paix sur la terre, bonne volonté entre les hommes.

1er janvier 189....

Il y a un an j'étais à Paris. Je ne regrette pas cet exil et cette retraite, où j'ai trouvé l'apaisement, où, loin des distractions et des frivolités absorbantes, j'ai pu me ressaisir. Il me semble qu'échappé au courant qui m'entraînait, j'ai abordé à quelque rive bienfaisante. Comme un chevalier légendaire j'y suis venu chercher des armes dont le pouvoir merveilleux pourra dès lors me préserver et me garder moi-même des préjugés, des opinions toutes faites, des injustices irréfléchies, des jugements apparents, des partis-pris, de la lâcheté des compromis, des complaisances pour les méchants, des manques de générosité et de toute intolérance. — Armes sacrées, vous ne devez conserver vos charmes qu'à condition d'être toujours pures de toute félonie !

2 janvier.

Dans ma retraite j'ai apporté mon Homère.
Les marges sont heureusement couvertes des
notes d'autrefois, qui me facilitent la traduction de quelques passages préférés. Ces ves-
tiges d'études classiques ne me pénètrent en
eux-mêmes d'aucune émotion. Je crois qu'il
faut classer dans le nombre des thèmes con-
venus, qui composent le fonds si riche de nos
banalités, le regret des souvenirs d'école. Ce
temps ne me rappelle que tourments et soucis
d'examen. Ce n'est que plus tard, en appro-
fondissant suivant notre goût et notre tempérament les sujets qui nous ont plus particuliè-

rement intéressés, que les études classiques
apportent dans toute carrière, même étrangère aux lettres, leur avantage et leur jouis-
sance.

Ce soir, je relis quelques scènes de l'*Odyssée*.
Mon édition renferme des notes de célèbres
commentateurs, et je suis frappé de leur niai-
serie fréquente. C'est ainsi que Pénélope
interroge Ulysse qu'elle ne reconnaît pas
encore : « Mais toi, qui donc es-tu et quelle est
ta patrie, tu n'es sans doute pas né d'un
rocher ou d'un chêne... » et le texte ajoute
comme épithète παλαιφατου, ce qui signifie litté-
ralement « dit depuis longtemps ».

Ce simple παλαιφατου est l'objet d'une longue
scholie, où sont évoqués tous les héllénistes
fameux, Dübner, Clarke, Voss et bien d'autres.
Tous ces annotateurs proposent leur inter-
prétation : « tu n'es sans doute pas le fils du
chêne autrefois fameux » ou « du chêne
mythologique ». — Quelques interprètes ex-
pliquent que primitivement les pères, qui ne

pouvaient pas nourrir leurs enfants, les exposaient dans le creux des arbres, d'où παλαιφατου !

— D'autres, non moins savants, remontent au déluge de Deucalion, pour nous apprendre que les hommes, sortant alors des montagnes couvertes de forêts, où ils avaient cherché un refuge, donnèrent lieu à l'opinion ancienne qu'ils étaient nés du creux des arbres.

Que tout cela est admirablement savant et oiseux ! Pourquoi, dans le langage souvent très familier des héros d'Homère, ne pas traduire tout simplement cette phrase simple : « Mais toi, qui donc es-tu et quelle est ta patrie, car tu n'es vraisemblablement pas né d'un rocher ou d'un chêne (dit depuis longtemps) suivant le vieux dicton ». — On dirait de nos jours : car enfin tu n'es pas né sous un chou.

Et voilà tout. Cependant de nombreux érudits ont remué à ce propos la poussière de leurs bibliothèques, car rien ne saurait être de cette façon simple pour des savants. Enfin,

sur ce mot inoffensif, ils ne sont remontés
qu'au déluge.

On en vit aussi de fort préoccupés de
quelques traces d'éolisme plus fréquentes dans
l'un des poèmes homériques! Rapprochant ces
remarques de la couleur plus sombre de
l'*Iliade*, ils en ont inféré que cette épopée,
image de mœurs plus violentes, devait être
d'une époque plus ancienne que l'*Odyssée*. Et
là-dessus ils ont ratiociné avec autorité.

Ne semble-t-il pas cependant tout naturel
d'avancer que cette différence provient des
sujets eux-mêmes? L'*Iliade*, nous décrivant des
tableaux de guerre et de carnage, est forcé-
ment d'impression plus barbare que l'*Odyssée*
dont bien des scènes sont d'une note attendrie.
On assiste dans la première épopée à une lutte
acharnée. Au milieu des horreurs de la guerre
et des combats, l'aspect d'un peuple change et
la civilisation semble reculer ou disparaître.
Ces dissemblances de caractères ne sont
d'aucun témoignage pour conclure à des com-

positions d'époques différentes, quand la tradition et tant de similitudes prouvent, au
contraire, une origine commune.

Mais rien ne doit être aussi simple pour
beaucoup de savants. Et dans toutes les spéculations de l'esprit humain, les spécialistes
étroits se sont laissé entraîner aux mêmes
aberrations, épingleurs de mots ou de coléop-
tères, grands abstracteurs de très petites
choses, qui veulent expliquer l'univers en
considérant une larve dans le champ de leur
microscope.

*
* *

La science devrait toujours conserver sa
grandeur et sa sublimité, mais rares sont les
savants qui la présentent avec cette magis-
trale simplicité, cette hauteur et ce bon sens.
Tous les autres ne font que l'amoindrir par

leur myopie intellectuelle et morale, par leurs
manies critiques et leurs habitudes de labo-
ratoire.

Bâle, 10 janvier.

Appelé à Bâle, où je dois rester deux jours,
j'y continue mon journal, parce que rien n'est
plus funeste aux résolutions que la moindre
interruption.

On m'avait dit la ville maussade et mer-
cantile, mais la réputation des cités, comme
celle des hommes, est la plupart du temps le
contraire de la réalité. Bâle est une ville peu

vulgaire. Je lui trouve beaucoup d'attrait,
des curiosités dignes d'attention comme ses
musées, d'anciens édifices de style peu banal
comme son Hôtel de Ville, des paysages
comme celui qui se déroule de la promenade
de la cathédrale, cette cathédrale elle-même
en pierre rose, d'architecture gothique inté-
ressante. Sur sa façade, un Saint-Georges
haut en relief, étonnant d'art naïf, à la lance
démesurément longue, fond sur le monstre
qui ouvre une gueule énorme et bénévole de
crainte de voir le preux chevalier en manquer
l'ouverture. Derrière la basilique, une ter-
rasse, élevée sur les murs d'enceinte, domine
le cours du Rhin que suit bien loin la rêverie.
A travers les branches dépouillées des marron-
niers, dans ce paysage d'hiver, les tons colorés
de l'église sont d'un effet charmant. Des fenê-
tres romanes arrondissent leur arcature posée
sur d'élégantes colonnettes. La neige, en indi-
quant les moindres saillies, donne aux lignes
un relief saisissant : elle fait admirablement

ressortir tous les détails des angles et des pans
dont les arêtes se découpent en vigueur sur ce
fond de gouache. De légères houpettes blanches couronnent les dentelures des pinacles.
— Le gothique en sa profusion n'a toute sa
valeur de merveille que dans un ciel hivernal.

L'architecture, dans ses belles manifestations, me cause les plus vives impressions ; la
peinture et la sculpture sont des arts de reproduction et d'imitation, des arts d'ornement,
tandis que l'architecture a sa place dans la
nature elle-même et s'harmonise avec elle de
telle façon que souvent elle semble en com-
pléter les paysages. Les ruines en sont encore
mélancoliques ou imposantes.

Derrière l'église, des contreforts s'avan-
cent, percés d'ouvertures où circule un passage
qui va se perdre dans l'ancien cloître. Je pénètre dans ces galeries solitaires. Des piliers
d'une chapelle s'élancent de fins arceaux qu
montent aux voûtes et se réunissent en un
pendentif à fleuron, comme une pièce d'ar-

tifice qui retombe et s'ouvre en laissant échap-
per sa gerbe de fleurs. Ce n'est pas sans un
sentiment de respect que je traverse ces
oratoires, ces cours silencieuses entourées de
baies ogivales aux fines nervures de pierre,
ce jardin intérieur, où quelques fleurs con-
solantes mirent leur douceur dans la tristesse
de vies douloureuses et déçues. Peut-être de
jeunes vies qui ont regretté ensuite les amours
profanes, et, lentement consumées, ont exhalé
le secret de leur âme dans les corolles par-
fumées. Ma sympathie évoque le souvenir de
ces pures existences qui ont demandé à la
terre plus qu'elle ne pouvait leur donner et
qui ont préféré aux navrantes réalités l'enchantement douloureux de leur rêve. O douces apparitions, je voudrais croire que vous
avez trouvé dans le vieux cloître l'apaisement,
la foi dans la réalisation de vos chères espé-
rances, — que vos prières ont été exaucées !

Bâle, 11 janvier.

Au musée de peinture, je vais voir le *Christ*
fameux de Holbein. Cette toile, universelle-
ment citée, me laisse sans émoi. Le morceau
est d'un art remarquable, mais je me refuse
à voir le Christ dans toutes ces anatomies,
fussent-elles de premier ordre. Je me souviens
pourtant, dans ce genre de scène, d'une vision
qui m'a profondément ému. C'était, dans les
célèbres galeries de Munich, le tableau presque
ignoré d'un peintre à peine nommé, Quentin
Massys, Flamand du xve siècle. La tête du
Christ descendu de la Croix repose, soutenue
par l'une des saintes femmes qui l'avaient si

pieusement suivi. Sans chercher dans ce sujet touchant un vulgaire prétexte anatomique, sans recourir aux effets d'un dramatique de théâtre banal et convenu, l'artiste a concentré l'intérêt d'expression sur la figure du divin supplicié, qui est incomparable de douleur résignée, d'infinie douceur et de pardon; il semble dire encore : J'ai bien souffert, mais tout est accompli ! — Cette œuvre, rendue si émouvante par des moyens si simples, est inoubliable.

De pareilles sensations sont les plus pures jouissances de l'art. Mais ces toiles célèbres, qu'une tradition routinière nous enseigne à admirer, ces grandes compositions de Rubens, débordantes de chairs, dont l'opulence est presque commune, peinture matérielle et sans grâce, ces Téniers monotones, avec les mêmes types, les mêmes chapeaux défoncés, la même plume aux barbes rares, les mêmes laideurs de maritornes, que tout cela est vite fastidieux !

Dans l'histoire des arts, certains maîtres ont accaparé la renommée, en résumant tout un genre ou une époque. Fêtés par la cour et la ville, leur éclat personnel a rejailli sur leurs travaux au point de laisser dans l'ombre des chefs-d'œuvre délicats de peintres moins fortunés ou plus modestes qui, loin du monde et sans l'encouragement de ses succès, se sont adonnés à leur art dans la retraite et le silence, quelquefois dans la misère. Négligés par leurs contemporains, ils furent laissés dans cette indifférence ou cette obscurité par la postérité qui, plus qu'on ne croit, continue par tradition les faveurs et les admirations acquises. — Combien Molenaër, pauvre hère qui précéda Téniers, ne fut-il pas plus varié et d'un talent plus délicat que son illustre compatriote, grand seigneur, héros de fêtes dont les échos ont continué la gloire, au détriment de ses émules moins heureux! Et combien d'autres! — Que d'ingratitudes n'aurait-on pas à enregistrer dans l'histoire, si l'on songe à tous les

inconnus du plus grand mérite, que leur mo-
destie et les circonstances ont condamnés à
l'oubli.

C'est aux délaissés que je vais, à ces talents
ignorés des manuels des voyageurs. Ils ne
furent pas à la mode de leur temps et échap-
pèrent au mauvais goût et à la banalité.
J'aime leur conscience, leur candeur, leur
pure originalité comme on la retrouve dans
les œuvres recueillies des primitifs.

Les primitifs ! Jamais on n'en parla plus
qu'à présent. Une imitation poussée à la carica-
ture, l'affectation d'une admiration de bon ton
seraient capables de nous les rendre odieux
et nous en éloigneraient, si ces extravagances
pouvaient détruire les charmes de tant d'in-
téressante simplicité. Que de gravité, quelle
belle fusion de couleurs riches et harmo-
nieuses, que de caractère dans leurs œuvres !
L'habileté ne saurait suppléer à tant de sincérité.

Il est sur ces premiers artistes une obser-

vation curieuse à faire. C'est que les rares
paysagistes purs furent assez mauvais dans
leurs conventions si fausses et si baroques. Et
pourtant, dans les scènes religieuses, on voit
souvent des paysages accessoires qui sont
d'une poésie et d'une fraîcheur qu'on ne retrouve plus dans les œuvres des peintres de
la nature aux mêmes époques. Peut-être cela
tient-il à ce que ces paysages occasionnels ont
été rendus dans une note atténuée qui en fait
le charme imprécis, tandis qu'en devenant le
motif principal d'un tableau, on s'appliqua à
en fixer les moindres détails avec une netteté
d'exécution, une sécheresse, une exactitude
de contour qui n'est pas dans la réalité si
harmonieusement enveloppée et voilée.

Quoiqu'il y eût, par la suite, des peintres
qui surent faire passer dans leurs tableaux
les frissons de l'air, comme Pœlenburg, qui
peignait au commencement du XVII° siècle de
si délicieux morceaux aux lointains vapo-
reux, des sources transparentes, le mystère

des bois et des clairières, ces maîtres restèrent
à l'état d'exception et l'école classique ne s'im-
prégna que des plus mauvais exemples d'une
nature d'apparat et d'une convention pom-
peuse.

Plus tard, quand on revint à la fraîcheur
de la vérité, on fit beaucoup de théories, on
inventa des mots nouveaux pour définir des
choses anciennes, des qualités, qu'avaient
eues déjà des maîtres d'autrefois, dans leur
génie d'artistes, si naturellement qu'ils ne
cherchaient pas à les expliquer. Il n'est pas
de ces écoles récentes dont je ne retrouve des
ancêtres dans mes promenades de musées :
ils ne furent pas toujours les plus remarqués
de leur temps et ne sont pas devenus les plus
célèbres du nôtre.

A la suite des galeries anciennes, les salles
modernes éclatent toujours en un chaos in-
harmonieux, d'un coloris misérable quand
il n'est pas d'une opposition violente et commune. Combien paraissent déjà ternes ces

toiles à effet si irrémédiablement vieilles à
quelques années de distance! Qu'en adviendra-t-il? Les couleurs sont mauvaises et délétères. Les maîtres d'autrefois les préparaient
eux-mêmes avec des soins d'alchimistes, dans
l'amour jaloux d'un art qui était toute leur
vie. Ils n'ont pas livré leurs secrets.

Nous restons le plus souvent sans émotion
devant ces œuvres tourmentées, où le parti-
pris se trahit trop visiblement : faites pour
nous étonner, elles ne nous touchent pas.

Dans beaucoup de ces sujets et de ces
scènes on peut aussi constater le mauvais
office que la photographie a rendu aux
peintres qui en ont abusé. Dans la très
louable recherche de la vérité, le but a été
dépassé. Comment ces artistes ne se sont-ils
pas rendu compte que c'est une erreur, par
exemple, d'utiliser, pour des marches ou des
mouvements rapides, la vérité mécanique et
l'exactitude mathématique qu'offrent des
épreuves instantanées, en tenant en suspens

les poses les plus inattendues? Cette vérité mécanique n'est pas apparente dans la réalité. L'œil ne perçoit que la résultante générale de toute cette succession de mouvements, et cette résultante est ce qu'on appelle l'illusion. Pour donner satisfaction au spectateur, il faut lui rendre cette impression, cette apparence. Pourquoi les albums photographiques sont-ils si disgracieux? C'est que la photographie est fausse en ce qu'elle fixe en la figeant une expression passagère et fugitive qui, par sa continuité, devient déplaisante. Aussi la photographie est-elle plus grimaçante que réellement ressemblante. Les peintres qui font une reproduction très précise se trompent et leur œuvre est sans vie. Le grand art consiste à rendre d'un personnage, et même d'un paysage, la sensation de son caractère dominant, tout en l'entourant d'une légèreté imprécise qui donne l'impression de la mobilité de l'expression ou de la vibration frissonnante de la nature.

Dans l'art moderne, seules les œuvres simples sont gracieuses. Ce sont celles-là que plus tard retrouveront avec bonheur les rêveurs de musées.

*
* *

Je profite de ma soirée en pays civilisé pour aller entendre un concert au théâtre. Dans mon exil, la musique est la seule privation que je ressente un peu. La page qui m'a le plus vivement touché est la *Symphonie inachevée* de Schubert. Ce thème qui revient, toujours inachevé, en des modulations et des réminiscences d'une si douce peine, me parut le triste et cher poème de la vie, avec ses rêves déçus dont rien ne peut consoler, et que toujours les espoirs ramènent, jusqu'au moment où, brisées et meurtries, les dernières chimères, les dernières notes s'éteignent doucement dans la résignation.

Page désespérante que je voudrais voir se

transfigurer dans une péroraison radieuse, où
tout ce qui est inachevé se continuerait, où
ces harmonies éparses ne rappelleraient plus
que de vagues et anciennes tristesses qui ren-
draient plus douces les félicités nouvelles, où
se réaliserait enfin le doux roman de notre
pauvre cœur.

La musique nous procure les plus vives
émotions, parce que chacun, selon son âme et
son imagination, y met son rêve, tandis que
les autres arts ne peuvent que réaliser la pensée d'un artiste qui ne nous touche pas toujours. Vous pouvez admirer un chef-d'œuvre
sans ressentir ni pénétrer toute l'émotion qui
le créa.

« La musique nous enlève au ciel! » me
disait ma mère. Et je sens encore sa main dans
la mienne, parce que nous n'aurions voulu y
aller qu'ensemble.

Montgivray, 12 janvier.

Après les musées, je suis revenu à la nature, la grande éducatrice de tous ces arts.
Des fleurs, des plantes sont empruntées les
plus belles formes, les lignes les plus gracieuses, les apparences les plus charmantes.

L'esprit le plus génial, qui n'aurait vu que
la monotonie des plaines, ne pourrait concevoir les découpures, les éclats et les ombres
des montagnes, leurs roches romantiques et
leurs gorges, toute la grandeur de leur spectacle.

Et la vision majestueuse des forêts n'a-
t-elle pas hanté le génie de l'architecture go-

thique, avec ses flèches qui s'élancent dans
le ciel, toutes fleuries!

13 janvier.

Je viens de lire comme récréation les
mémoires originaux de Benvenuto Cellini.
L'authenticité en est indiscutable et reconnue.
Ils contiennent de très-curieux tableaux de
l'histoire et des mœurs au temps de la Renais-
sance. Dans le roman de sa vie, Benvenuto
Cellini met en scène ses nombreuses aven-
tures. On voit les personnes parler alors
comme dans les romans d'Alexandre Dumas,

avec la même allure, le même style. Et c'est
naturel. Voudriez-vous que des gens à poi-
gnards ciselés comme des joyaux, à pourpoints
de velours estafiladés de satin, à collerettes
fraisées à points d'orgue, aient parlé comme
des bourgeois de notre temps? Ils eussent été
grotesques, et nos bourgeois le seraient à la
même manière de se comporter comme eux.

Alexandre Dumas, dans son imagination,
fut peut-être le plus exact historien des époques qu'il a décrites.

D'une façon générale, l'accoutrement fait
le langage. Au xviii° siècle, le costume surtout
gracieux se fleurit de dentelles, et léger, élé-
gant comme elles, le ton devient fin et spiri-
tuel.

L'Oriental, drapé comme une statue, surtout admirablement décoratif, ne parle pas.

Dites-moi comment un peuple est habillé,
je vous dirai comment il parle.

15 janvier.

A la suite d'une grave altercation entre
ouvriers, j'ai dû congédier le principal auteur
de ces désordres. Il n'existe, au fond, aucune
bonne volonté entre les travailleurs, aucune
bienveillance. On ne peut accorder quelque
marque d'intérêt à un honnête employé, sans
exciter la jalousie et l'animosité de tous ses
collègues moins méritants et moins conscien-
cieux. Rien n'est plus convenu que les tableaux
exaltant les vertus populaires.

Combien sont fausses les sentimentalités
romancières des poètes et des écrivains, les banalités dolentes de bonnes gens sur l'inégalité

des classes, et les théories de réformateurs
bien intentionnés, mais qui n'ont jamais fait
l'expérience du plus petit atelier, qui n'ont
jamais eu la direction et la responsabilité de
la moindre entreprise, savants sociologues de
cabinet, qui se figurent que le mouvement,
auquel ils collaborent avec zèle, s'arrêtera à la
satisfaction de jouissances légitimes et à l'or-
ganisation d'une société qu'ils pourront régle-
menter selon leurs utopies. Confinés dans leur
bibliothèque, loin des agitations de la rue, sans
contact avec la classe populaire, ignorant ses
passions et ses mœurs, ils ne s'aperçoivent pas
qu'il n'est plus question d'une œuvre de répa-
ration, mais d'un bouleversement complet,
d'une œuvre de haine qui ne fera qu'ajouter
aux maux de l'humanité, sans apporter aucun
remède à ses souffrances.

Toutes ces doléances faussement humanitaires sont plus funestes que les déclamations
des agitateurs de métier, qui sont au moins
dans la logique de leur rôle, en poursuivant

une ambition personnelle qui puise son inspiration moins dans l'amour du travailleur que dans les plus bas sentiments d'envie. Ils ne peuvent qu'être les agents d'une œuvre détestable. Où il faudrait de la justice et de la charité, on ne voit en fermentation que les pires éléments de la plus vile rancune.

Le socialisme des politiciens, c'est le nombre, et le nombre est mauvais.

Au jour de la réalisation définitive de ces théories, quand tout aura été bouleversé, peut-être les maîtres de cette ère nouvelle seront-ils plus exigeants et intraitables que ceux d'à présent. On verra les ouvriers honnêtes et capables regretter les patrons d'autrefois. Peut-être les malheureux, car il y en aura toujours, seront-ils plus à plaindre, et les parvenus d'alors seront-ils moins charitables que les riches d'aujourd'hui.

18 janvier.

N'avez-vous pas rencontré un monsieur de l'abord le plus agréable, dont l'aimable insouciance a vu passer bien des actions douteuses, sans essayer la plus banale protestation, qui n'a gêné les indélicatesses de personne, et ne s'est pas fait d'ennemi en défendant les intérêts qui ont pu lui être confiés, un monsieur que les injustices n'ont pas révolté, qui a laissé faire, bon vivant du reste et gai compagnon.

Ce vil personnage est ce qu'on appelle communément un « bon garçon ».

19 janvier.

Il est rare que les fils des hommes célèbres
dans les sciences, les arts et les lettres, suivent
la trace de leur père et s'illustrent à leur tour.
Leurs gendres, au contraire, sont souvent des
hommes supérieurs, choisis parmi leurs meilleurs élèves. C'est qu'on choisit son gendre,
on ne choisit pas son fils.

Les monarchies auraient dû se transmettre
aux gendres. L'hérédité eût été renforcée par
cette sélection qui aurait vivifié la race et fortifié le pouvoir.

20 janvier.

Je reçois quelques journaux politiques si
pleins de choses honteuses et d'intrigues de
toute sorte, avec des comptes-rendus déclarant
sans intérêt des séances parlementaires, où
nul scandale n'étant prévu, les députés ne se
sont pas trouvés en nombre suffisant pour
délibérer sur les lois, que, révolté, je songe
d'un traité qui serait de cette façon :

ÉLOGE DE LA TYRANNIE

L'État républicain est un idéal politique
qui réalise bien mal en pratique les promesses
d'une aussi séduisante conception. C'est que
cet idéal politique suppose l'idéal humain qui
est irréalisable.

Le gouvernement du Prince, ou la Tyrannie, — pour prendre le mot antique, — si
suspecte, il est vrai, et si contraire aux aspirations généreuses, est pourtant le seul gouvernement supérieur dans sa mise en action, par
son unité et sa puissance.

Une des raisons qui amènent à cette con-
clusion est le spectacle de l'abandon, de
l'écart, de l'inoccupation où sont laissés, dans
l'état démocratique, les hommes de la plus
grande valeur, hommes de science, de travail
et d'étude, forces si précieuses et si mal-
heureusement perdues pour l'État qui ne les
utilise pas et n'en profite pas.

Tel est le vice des démocraties que l'envie
et la médiocrité audacieuse y sont triom-
phantes, ennemies de toute supériorité. Pour
être quelqu'un ou quelque chose dans l'État,
il faut se produire, attirer l'attention par tous
les moyens possibles, fréquenter les assemblées politiques et participer aux concilia-
bules des comités; en un mot, il faut être

d'abord et avant tout un politicien, toutes
choses absolument opposées au véritable mérite, laborieux, honnête, modeste, souvent
timide. Un homme d'étude n'a ni le goût, ni
le loisir de se vouer à ces brigues, à ces pratiques humiliantes, dont il éprouverait vite,
du reste, le dégoût.

Au contraire les politiciens bavards, ambitieux, ignorants prétentieux et inconscients
de leur nullité, se mettent en avant effron-
tément, ne répugnent à aucune menée, n'hésitent pas aux affirmations hasardeuses qui
flattent le populaire, entassent les mensonges
sur les flagorneries, laissent sans protestation
l'injustice et sont, par esprit de parti et par
une solidarité suspecte, prêts à toute besogne
et à toute complaisance, pour ne pas compro-
mettre leur carrière politique. Ils pérorent et
s'imposent sans pudeur.

Si un homme de haute capacité et de droiture éprouvée vient à prendre quelque importance, il est bientôt en butte aux hosti-

lités des médiocres envieux qui redoutent son autorité et les désavantageuses comparaisons. Il faut perdre ce rival redoutable, dont l'influence, salutaire à l'Etat, pourrait nuire à leurs intérêts ou retarder leur ambition. Cet homme, après avoir surmonté tous les dégoûts, arrive-t-il au pouvoir qu'il doit alors passer son temps à déjouer les intrigues et éviter les embûches ; il s'use sans profit et ne peut encore consacrer, comme il le voudrait, ses forces, son savoir et ses talents au bien de l'État. Qui le défendrait pendant ce temps contre la meute des politiciens ?

Au milieu de cette agitation, le choc et la rivalité des ambitions neutralisent l'action, empêchent l'élaboration de toute grande œuvre qui ne saurait être discutée par les législateurs ignares qu'envoie aux Chambres le suffrage universel. Dans ces Assemblées, où les questions de parti sont dominantes, la moindre discussion entraîne à des débats interminables et sans résultat, à des personnalités injurieuses, à des rivalités qui ne sauraient même tolérer d'un adversaire le bénéfice d'une proposition honorable Dans cette confusion parlementaire se débat un gouvernement sans suite et sans autorité.

Ce n'est pas tout. Si la nation est troublée par les revendications bruyantes des ambitieux et des mécontents qui, sous les grands vocables du dictionnaire républicain, veulent imposer leurs conceptions étroites et satisfaire leurs calculs égoïstes, que n'a-t-elle pas encore à souffrir des sous-ordres vulgaires de ces énergumènes médiocres! Cette clientèle, dont il a fallu payer les pratiques électorales par des emplois officiels, occupe toutes les situations dans l'État. C'est ainsi que la fortune commune sert à payer les services particuliers et que les fonctions publiques risquent de tomber aux mains les moins capables et les moins dignes de les tenir, aux vulgaires politiciens inférieurs, agents et courtiers d'élections.

Dans cet état démocratique, le vrai pouvoir
est en bas, et les chefs à tous les degrés dépen-
dent de leurs subalternes. Ils en tolèrent les
abus qu'ils auraient pour mission et pour devoir de réprimer. La désorganisation est partout, l'autorité nulle part.

Le Prince, lui, choisit des ministres capables de bien gérer les affaires publiques. La
sécurité et l'éclat de son pouvoir en dépen-
dent. Il tire de leur retraite les hommes que
désignent le talent et le savoir, il les impose.
Sous sa protection, il leur permet de se consacrer entièrement aux affaires de l'État. N'ayant
pas alors à redouter les attaques des médiocres, ils peuvent s'adonner selon leur goût et
leurs aptitudes aux travaux qui ont fait l'objet
de leurs études et le sujet de leurs réflexions.
A côté des grands ministres, les lettrés et les
artistes, encouragés, illustrent leur époque. Le
commerce et l'industrie, qui ne sont plus tenus
en suspens par des agitations et des désordres
toujours renouvelés, se développent et pros-

pèrent. [De grandes entreprises peuvent être fondées.

Les fauteurs de révolution sont réduits à l'impuissance pour le plus grand bien des citoyens laborieux et honnêtes.

Cette influence tutélaire se fait partout sentir. Le Prince ne pourrait sans inconvénient laisser porter atteinte à la justice. Auprès de lui, le simple citoyen trouve un recours suprême contre les abus et les vexations, car il ne saurait souffrir que les subalternes de son pouvoir le compromettent par leur maladresse, leur mauvaise volonté ou des rancunes personnelles qui jetteraient le discrédit sur son autorité.

Il ne peut être de bon gouvernement sans responsabilité personnelle. Au Tyran on peut en toute extrémité demander compte de son pouvoir. A qui s'adresser dans l'État démocratique? — Il n'est pas de despotisme plus intolérable que celui des états populaires, où personne n'est responsable, où l'on ne peut

frapper tous les coupables connus ou anonymes, despotisme insaisissable derrière lequel peuvent s'abriter toutes les lâchetés.

Sous le nom de liberté, on porte atteinte à
toutes les libertés.

Il n'y a qu'une liberté, celle qu'on fait res-
pecter, et celle-là, le Tyran seul la dispense.

Les bonnes lois sont insuffisantes si un
gouvernement puissant et autoritaire n'en impose pas le respect.

La tyrannie!

Dans l'antiquité même, aux époques les
plus brillantes, alors qu'il est un devoir de
rhétorique de flétrir le Tyran et de citer les
plus grands exemples, pensez-vous que l'état
démocratique, en ces temps célèbres, ne fut
pas pire encore que la tyrannie du Tyran? La
République d'Athènes, en bannissant ses plus
illustres citoyens par crainte de la tyrannie
qui l'avait mise au premier rang, prépara sa
défaite : elle devint la proie de Sparte avant
d'être détruite par les Romains.

Athènes ! la plus vantée des Républiques, fut l'histoire lamentable d'une populace. Elle a produit inutilement les plus grands hommes, stratèges, philosophes, penseurs, artistes. Toute cette élite des esprits, toutes les familles cultivées, gens de raison et de bon sens, que devait comprendre une société si distinguée, tous ont été perdus, engloutis dans cette agitation d'une foule régnant aux assemblées, cédant aux pires excitations des démagogues, intolérante et insolente, décidant de guerres où elle n'allait pas, mais où les meilleurs citoyens étaient décimés. Il n'y eut pas de monarque d'une ambition plus effrénée, d'une domination plus exigeante, d'une justice plus vénale, pas de tyran plus ombrageux et cruel, pas de nation barbare de plus mauvaise foi dans les traités. — Il n'y eut pas non plus d'exemple d'une fin plus humiliante.

Qu'eût-on dit d'un Tyran

— Qui eût exilé Aristide, ce modèle des

citoyens, et Thémistocle, le vainqueur de Salamine.

— Qui eût condamné à être jeté dans un cul de basse-fosse Miltiade, le vainqueur de Marathon, horrible sentence qu'on parut commuer, ce glorieux soldat ne tardant pas à succomber aux blessures reçues sur le champ de bataille illustré par sa victoire.

— Qui eût mis à mort Socrate, héros des guerres de sa patrie, avant d'en être le philosophe admirable, professant les leçons de la morale la plus élevée, et donnant, par sa vie, le plus noble exemple de toutes les vertus qu'il enseignait. Quel despote commit jamais vis-à-vis d'un sage inoffensif un crime plus abominable que la République d'Athènes!

— Qui eût fait mourir Phocion à quatre-vingts ans, Phocion, qui avait rendu les plus éclatants services à la République, en faisant reculer les armées de Philippe, et qui, plus tard, avait noblement refusé les offres brillantes de son fils, le Grand Alexandre.

— Qui eût fait jeter Phidias en prison, où il mourut de chagrin. Athènes n'épargna pas même les artistes, que les tyrans se faisaient un honneur de protéger. Leur talent portait ombrage à la populace.

Faut-il rappeler tous les actes de mauvaise foi de cette république, les traités violés, la caisse des alliés, fondée pour une défense commune, et dont l'administration lui avait été confiée, pillée et volée, pour des représentations théâtrales ; l'asservissement des petits peuples, qui voulurent sagement rester neutres dans la guerre du Péloponèse ; les habitants des îlots de la mer Égée arrachés à leurs foyers et transportés, et les hommes en état de porter les armes mis à mort sans pitié !

Les républiques antiques bannirent plus de citoyens éminents, commirent plus de crimes que les tyrans. Les peuples qui leur furent soumis furent toujours les plus malheureux. On rapporte des actes de générosité, des

actions magnanimes des tyrans, on n'en saurait pas citer des démocraties qui furent toujours implacables.

Gélon de Syracuse, après la défaite de trois
cent mille Carthaginois en Sicile, exigea de
cette nation qu'elle abolirait chez elle la cou-
tume barbare qui lui faisait immoler des
enfants. Il les obligeait, au nom de l'humanité, à une condition dont ils devaient être
seuls à profiter. C'est ainsi que le plus beau
traité de paix dont puisse s'enorgueillir l'histoire fut imposé par un Tyran.

Un descendant de ce Gélon fut le protecteur
d'Archimède, car jamais la tyrannie n'em-
pêcha le génie de porter ses fruits. L'histoire
des enfances illustres est pleine de ces ori-
gines obscures, mises au jour par la protection de familles puissantes.

Et s'il est des degrés dans les choses scélé-
rates, le mauvais Tyran, qui payait son ambition de sa personne, avait quelque mérite de
courage, tandis que rien n'est plus lâche que

les forfaits de la multitude, où, sous le prétexte hypocrite du bien public, se cachent toutes les férocités anonymes qui ne peuvent être atteintes.

Les rhétoriques déclamatoires contre la tyrannie et ses crimes ne sauraient être de grande valeur.

Si l'on arrive à des époques plus modernes, on ne pourrait prétendre qu'il faille regretter les violences du Moyen-Age. Certes, on ne peut que se révolter aux abus des royautés primitives. Mais ces excès et ces crimes tenaient aux mœurs mêmes de ces temps et non à leurs institutions. Une république eût-elle été possible alors, qu'elle eût entraîné à d'aussi grands désordres, pires encore, au pillage, à l'assassinat, comme on l'a vu dans de sauvages tentatives populaires qui reculèrent encore une civilisation renaissante.

Passant aux temps présents, on peut déplorer la violence démagogique qui suivit la Révolution de 1789. La République devint plus despotique et commit plus de crimes que tous les régimes qui l'avaient précédée. Ce fut pour l'humanité un malheur irréparable. Toutes les réformes sages, sincères, vraiment humanitaires étaient mûres, elles étaient devenues impérieuses et se seraient réalisées. On en jouirait à présent. Mais les déclamations pompeuses de la République nous ont précipités bien loin de cette voie. Ce fut une orientation nouvelle qui amena le triomphe imbécile du nombre.

La lutte est aujourd'hui entre l'anarchie et la médiocrité, l'absurde force du nombre. Toute alternative est également odieuse. Combien ne peut-on pas regretter la tyrannie éclairée, intelligente du Prince. N'ayant plus rien à redouter de ses excès, on n'aurait plus qu'à jouir de ses bienfaits!

30 janvier.

L'ouvrier que j'avais congédié m'ayant cité
en justice, je suis descendu ce matin au petit
chef-lieu. J'ai traversé les bois et les campagnes toutes blanches de neige, sous un ciel
gris où des nuages pendaient en lambeaux
tragiques au-dessus des forêts de sapins qui
faisaient des taches noires dans le paysage. Si
grand était le silence qu'on entendait parfois
la neige tomber des branches. Aucun bruit
étranger ne venait troubler cette solitude, car
tout est en harmonie dans la nature qui met
des concerts dans la fête des printemps et le
silence dans le recueillement de l'hiver.

Je préfère ce calme et cette majesté, cette paix profonde, à la vie intense des étés, à toute cette agitation, ces bourdonnements, cette activité si violente et si vaine, qui ne sont que des signes de lutte et de destruction. Je rêve d'une vie moins âpre, moins implacable aux faibles, d'une vie plus douce où le bonheur ne risque pas de contenir quelque larme d'autrui, où il ne soit pas un spectacle douloureux pour les peines des autres.

J'arrivai sans passion devant le juge qui devait décider de notre litige. Il ne fit, du reste, aucun effort pour en démêler le droit et partagea selon son habitude le différend, de façon que chacun eût également tort et raison. Rien n'est plus contraire à la justice que cette manie fréquente des juges de concilier les parties ou de départager une contestation. Ces arrangements, qui se font toujours au détriment de celui dont la cause est juste et qui serait en droit d'attendre un meilleur office, sont tout au profit de celui qui a

tort. La conciliation est la plupart du temps
un déni de justice, dont se rend coupable
un juge par insouciance, par incapacité,
sinon par lâcheté. Elle ne profite qu'aux méchants.

Les fonctions de juge de paix, qui devraient
être remplies par des hommes d'un mérite
éprouvé, sont généralement dévolues à des
magistrats improvisés, que rien ne recom-
mande pour cet état, ni leurs aptitudes, ni
leur caractère. Pense-t-on que les cas secon-
daires, dont ils ont à décider, ne soient pas de
grande importance pour de petites gens qui,
sachant mal exposer et défendre leurs intérêts,
risquent de voir leur droit méconnu par un
juge d'esprit borné. Où il faudrait la patiente
bienveillance, la droiture et la perspicacité
d'un homme d'un caractère élevé et d'une intelligence sûre, pour simplifier et élucider des
choses si diffuses, pour en tirer la vérité et
faire prévaloir la justice, vous ne trouvez souvent que la sottise d'un juge ignorant, com-

promis par les influences locales, prêt aux complaisances et aux ménagements suspects. Cependant les petites et intéressantes causes, qui leur sont soumises, sont sans appel, elles ne peuvent recourir à l'appui d'un avocat, ou bénéficier de l'intérêt public. L'injustice y peut être sans contrôle.

Combien les États ne devraient-ils pas s'obliger à des sacrifices pour mettre en honneur ces magistratures modestes et les confier aux mains d'hommes dont le caractère et les vertus imposeraient au respect des citoyens, en leur montrant que rien ne saurait être regardé comme peu important dans la justice.

5 février.

Je viens de lire le **Koran**, ce livre célèbre qui ne justifie pas sa réputation. Tout cela est confus, embrouillé, contradictoire, sans ordre, non si absolument fataliste qu'on le dit, car à quoi servirait alors toute doctrine, mais plus incohérent et obscur qu'on ne le croit communément.

Mahomet fut un réformateur convaincu et ses préceptes tendaient certes à un meilleur état religieux et moral que celui où vivaient alors les tribus arabes, retombées dans l'idolâtrie ou rattachées à des doctrines judaïques et chrétiennes dénaturées et mal observées.

Si sa jeunesse avait été plus instruite et mieux dirigée, Mahomet eût été peut-être un défenseur du Christianisme. Mais livré à lui-même, avec ses seuls dons naturels, complètement illettré, ne sachant ni lire ni écrire, il ne connut que très-imparfaitement la traduction de quelques fragments plus ou moins exacts des Évangiles.

D'abord tourné en dérision dans la première partie de sa vie, qui fut la plus sincère et la meilleure, il n'entraîna les hordes arabes que du jour où il ordonna contre tous les infidèles une guerre sans merci, qui favorisait les habitudes belliqueuses et pillardes de ces tribus. Dans un pareil état de choses, le *Koran* fut un code dont l'influence salutaire imposa le respect de ses prescriptions de justice et de morale. Mais dans leur ensemble ces préceptes ne constituent qu'une doctrine bien imparfaite, et, quand on les compare à la vie de leur auteur, on voit que trop souvent les articles du *Koran* vinrent après les événements et |suivant |les besoins de sa cause expliquer, sanctionner ses actes, ou justifier sa conduite personnelle qui ne fut pas toujours irréprochable.

C'est que Mahomet, d'un point {de départ certainement sincère, où il avait voulu être le réformateur de son temps, avait dévié dans la suite et s'était laissé entraîner, dans une ambition qui se modifiait avec les événements, à accommoder ses révélations aux circonstances. Aussi le **Koran** est-il un livre tout humain, avec des passions et des brutalités. Il put convenir à une époque et à des peuples barbares, mais on est en droit de s'étonner de voir parfois de nos jours des gens se prendre d'engouement pour ces doctrines incohérentes. On ne sait s'il faut en accuser leur ignorance ou leur manque de sincérité, peut-être aussi une sorte de dilettantisme et de singularité facile. A leur place cependant et dans notre civilisation, Mahomet eût été certainement chrétien.

On peut, hélas, être athée, mais on ne saurait expliquer un sentiment religieux, un
besoin de règle morale que ne satisfasse pas
la Sainteté des Évangiles.

10 février.

Médiums.

Ces sujets sont susceptibles d'un état patho-
logique dont ils ne se rendent pas compte eux-
mêmes, dont ils souffrent. Ce sont des êtres
maladifs, magnétiques, dont le fluide se trans-

met aux individus autour d'eux et les affolé, de même qu'ils influencent les objets matériels, en vertu d'une puissance attractive que la science n'a pas encore expliquée. Mis en communication d'esprit avec les personnes qui les entourent, ils vont au-devant de leurs préoccupations et les étonnent par leurs réponses. Dans ces réunions où la surexcitation nerveuse a été exaspérée, se communiquant même aux personnes saines d'esprit, ces phénomènes magnétiques produisent des troubles, des visions, des hallucinations de toute sorte, des commotions comme des attouchements, enfin des sensations diverses. Affolement des sens et de l'esprit.

Hélas! S'il est des esprits autour de nous, et rien ne nous autorise à le nier, nous ne pouvons communiquer avec eux. Pourquoi faudrait-il la présence de ce médium étranger, de cet indifférent, pour évoquer des êtres chers qui nous ont quittés? Ces êtres ne se présenteraient-ils pas de préférence à nous, ne se mettraient-ils pas en communication avec nous dans les heures de solitude, de douce et triste rêverie, plutôt que de se manifester par l'intermédiaire des meubles, au milieu de réunions ridicules.

12 février.

On a dit quelquefois que les prophètes étaient des charlatans et qu'on rencontre encore en Orient des thaumaturges qui font des prestiges merveilleux, comme il en est cité dans la Bible.

Généralement, les charlatans sont gens qui tirent profit de leur métier. Or, les prophètes s'exposaient aux plus grands dangers, et le plus souvent ils furent victimes de leur courage, en s'opposant aux crimes des puissants et des peuples. Comment douter de leur mission et de l'inspiration qui les suscitait!

13 février.

Rien n'est plus navrant, dans l'histoire des luttes qu'ont eu à soutenir les hommes de génie, que de voir les empêchements, les obstacles qu'ont pu leur susciter des concurrents influents, aidés d'hommes puissants, plus tard, si parfaitement ignorés. Et la foule malfaisante presque toujours est prête à seconder ces œuvres de haine et d'ignorance.

Aussi, quand on voit un homme attaqué avec violence faire face à des adversaires en fureur, vite il faut hardiment se mettre à son côté, avant même d'avoir compris, parce qu'il pourrait succomber pendant ce temps : c'est

un homme qui apporte des découvertes fé-
condes, de grandes et belles choses qui ne sont
pas du goût des petits esprits, gênantes pour
les illustrations maquillées du jour, pour tous
les intérêts et pour toutes les vanités, pour
tous ceux qui ne veulent pas être dérangés
dans leurs pauvres idées, dans leur omni-
potente routine et dans leur lucre.

Il faudrait se méfier seulement des nova-
teurs qui apportent des choses laides, mais
elles ne soulèvent pas les mêmes colères.

15 février.

Liberté! Égalité!

De l'égalité politique, il n'est déjà plus question. On réclame l'égalité sociale. Or cette égalité, qui est hors nature, ne pourrait s'édifier que sur la ruine de toute liberté. Dans cette extrémité, mieux vaudrait toujours le pouvoir éclairé d'un seul que la tyrannie grotesque et lâche de la foule. Les apôtres de l'égalité sociale obéissent aux passions les plus vulgaires et recherchent moins le bien de l'humanité que la satisfaction de leurs rancunes et de leurs intérêts. Ce socialisme ferait regretter les baillis de la Suisse primitive.

Le vrai socialisme ne pourrait naître que de l'amélioration des hommes, mais jamais les institutions politiques ne sauraient le décréter.

Toute la liberté individuelle et l'égalité devant la loi doivent être le souverain bien des sociétés politiques, l'égalité sociale en serait le fléau.

Considérez l'inconséquence et la mauvaise foi de ces théories.

On veut des syndicats obligatoires d'ouvriers, sans concurrence, et l'on crée en même temps des sociétés coopératives qui sont une concurrence pour les petits commerçants. Quel illogisme! Laissez alors s'établir aussi des syndicats d'épiciers, où seront forcés d'entrer les épiceries coopératives qui subiront la loi, le tarif de la majorité des autres épiciers, et tout cela reviendra au même.

L'association d'intérêts communs est légitime et féconde, quand elle ne porte pas atteinte à l'individualité et à la liberté, mais le communisme obligatoire est odieux.

Les syndicats obligatoires sont une atteinte à la liberté du travail.

Autre inconséquence des socialistes qui veulent des syndicats obligatoires, des corporations laïques, et qui ne reconnaîtraient certainement pas la liberté des corporations religieuses.

Ce qui, dans un État, ne peut convenir qu'à une certaine classe de citoyens, est mauvais et doit être abandonné, si l'effet n'en peut être appliqué et étendu à tous les autres.

20 février.

Les *Lettres persanes* de Montesquieu.

Je n'avais jamais lu ce livre dont j'eus cependant tant de bien à dire dans un examen de littérature, suivant les leçons du cours qui vantait la forme et le fond, la fiction aimable, la hardiesse de cet ouvrage célèbre.

Or, rien de tout cela n'était vrai. Le style en est mauvais, la trame assez déplaisante et la témérité bien peu compromettante.

Le Roi-Soleil est en effet très-malmené dans une de ces lettres, mais, outre que c'était déjà fort à la mode dès la mort du monarque, le livre, qui parut sous l'anonymat six ans après, ne pouvait, en reprenant ces violences, faire courir de grands dangers à son auteur.

Du jeune roi d'alors, Montesquieu fait dire par un de ses Persans d'intermède :

J'ai vu le jeune monarque. Sa vie est bien précieuse à ses sujets ; elle ne l'est pas moins à toute l'Europe par les grands troubles que sa mort pourrait produire. Mais les rois sont comme les dieux ; et, pendant qu'ils vivent, on doit les croire immortels. Sa physionomie est majestueuse, mais charmante : une belle éducation semble concourir avec un heureux naturel, et promet déjà un grand prince.

Les termes sont plutôt flatteurs et ne risquaient pas de conduire leur écrivain aux galères.

Quelques chapitres seulement offrent assez d'intérêt et de malignité non dépourvue de franchise ; tout le reste est médiocre. Une série de lettres fantaisistes sur le sérail veulent être d'une séduction libertine et sont parfaitement ennuyeuses. Que le mauvais goût du temps et la curiosité des contemporains, que les circonstances d'une apparition quelque peu

mystérieuse aient fait le succès prodigieux de
ce livre, cela se peut concevoir, mais on com-
prend moins que cette brillante réputation se
soit continuée et définitivement accréditée.
Les *Lettres persanes* peuvent conserver à notre
époque une valeur de document, non d'œuvre
littéraire de mérite.

Il est surprenant, dans l'histoire des lettres
et des arts, de constater le nombre des ouvrages qui, bénéficiant à leur origine de con-
jonctures particulières ou de la situation personnelle de leur auteur, ont été d'emblée
déclarés admirables et se sont transmis à la
postérité avec ce renom par la tradition des
opinions toutes faites, la routine des traités
et les redites des dictionnaires, alors que rien
ne justifiait une telle célébrité. Dans l'ensemble des jugements humains, il y a plus de
choses qu'on ne croit qui se sont perpétuées
et sont devenues classiques, parce qu'elles ont
été dites une fois, auxquelles leur ancienneté
a donné des titres que personne ne songe plus

à discuter ni même à examiner. — On croit
que l'avenir répare les oublis des contemporains et revise leurs injustices. C'est une
erreur, il lui arrive plus souvent de les enregistrer.

1er mars.

L'hiver sera bientôt passé, et d'autres travaux vont me rappeler dans le monde des
villes. Il me faut transcrire dans mon journal
quelques notes éparses.

*
**

La raison et le sentiment. Ces deux vertus ne sont pas parfaites si elles sont séparées.

La justice doit donner satisfaction à la raison et au sentiment.

*
**

Médire de ceux qu'on a fait profession d'aimer est se condamner soi-même.

*
**

Misanthrope! — Il faudrait avoir bien des mérites soi-même, pour ne ressentir aucune indulgence pour les autres. Dans l'analyse de la misanthropie, on doit trouver de la vanité, trop de sévérité pour les autres et de partialité pour soi-même, rien de noble. — Heureu-

sement, tous ceux qu'on dit misanthropes ne
le sont pas.

*
* *

Dans les consultations littéraires ou artisti-
ques, il est à remarquer que les théories les
plus longues sur la poésie et sur les arts sont
surtout développées par des poètes secon-
daires, par des artistes qui n'ont rien fait d'à
peu près bien, tandis que les maîtres ne savent
trop que répondre aux questions posées sur
leur talent.

Il faut en conclure que les théories sont en
raison inverse des talents.

*
* *

Montrer bon visage à des gredins puissants
est une triste lâcheté : c'est en quelque sorte
les réhabiliter. Rien ne doit être plus doulou-

reux pour les malheureux qui ont été leurs victimes, que de les voir recevoir du monde des marques de considération. Ne pas faire sentir à de pareilles gens leur ignominie est se rendre leur complice.

*
* *

Reconnaître le mérite d'autrui est déjà un mérite. Le dénigrement est un signe de médiocrité.

*
* *

Confiez-vous à votre premier mouvement s'il vous entraîne au bien, attendez la réflexion quand il vous pousse au mal.

*
* *

On n'insiste jamais plus que sur les sentiments qui sont faux. Aussi, tenez pour assuré qu'un individu qui se dit un brave homme est un fourbe, car, s'il était réellement honnête, il n'aurait pas plus l'idée de se prévaloir d'une chose si naturelle, qu'on ne songerait à se vanter d'avoir deux jambes.

Quand un homme se [dit incapable d'une mauvaise action, on peut être certain que non-seulement il en est très-capable, mais que peut-être déjà il la médite.

*\
* *

S'il ne faut pas subir l'entraînement d'un visage aimable, il faut moins encore céder à l'antipathie d'une figure disgraciée.

*\
* *

Ne pas vouloir se faire d'ennemis, c'est ne pas se faire d'amis.

*
* *

Que de gens parent les autres de leurs propres ridicules.

*
* *

Les manifestations exagérées des arts pré-cèdent des évolutions qu'elles aident à mieux comprendre, en habituant le public à apprécier des œuvres nouvelles et belles qui l'eussent surpris sans cette préparation. Il faut voir dans ces outrances une vitalité de l'art et ne pas être injuste pour leurs auteurs qui ne connaîtront que l'ironie du mouvement dont ils sont les premiers ouvriers.

*
* *

On confond trop souvent la volonté et l'en-

têtement : la volonté est une force et l'entê-
tement une faiblesse.

⁂

Il faudrait plus craindre un enfant à qui
tu aurais fait une injustice qu'un géant qui
aurait porté atteinte à ton droit.

⁂

Pour déprécier un homme, souvent on
entend citer avec avantage son adversaire.
Dans la rivalité des arts et des lettres, presque
toujours on fait l'éloge des plus médiocres,
pour éviter de dire du bien des concurrents de
talent.

Méfiez-vous d'une œuvre vantée par un
confrère, elle doit être mauvaise.

*
* *

Le monde a plus d'indulgence pour les vices que pour les vertus.

*
* *

Des gens cherchent très loin des occasions de faire le bien, sans voir tout près des indigences qui peuvent leur être connues. Ils n'y songent pas. Il faut à leur charité quelque chose de plus compliqué, de plus extraordinaire, non une si grande simplicité. Et ils peuvent être sincères, tant est grande la perversion humaine.

D'autres, cependant bons et honnêtes, croient avoir des secrets de remèdes infaillibles, et, sans pourtant chercher à en tirer profit, ils en gardent la recette dont ils font mystère.

*
* *

Souvent on possède les qualités dont on croit manquer, et l'on est dépourvu de celles qu'on croit avoir. Presque toujours on a les défauts dont on se croit exempt.

*
* *

On ne dément guère que les choses vraies.

*
* *

« Aux vertus qu'on exige dans un domestique, Votre Excellence connaît-elle beaucoup de maîtres qui fussent dignes d'être valets? »

dit Figaro dans *Le Barbier de Séville*. Rien n'est plus vrai, si ce n'est la proposition contraire, et l'on peut avancer que peu de domestiques seraient capables d'être de bons maîtres.

*
* *

Tout ce qui porte atteinte à la liberté individuelle, tant que cette liberté ne porte atteinte à personne, est criminel.

*
* *

On ne voit que des gens juger d'actes qu'ils seraient incapables d'accomplir.

*
* *

Il faut avoir pour principe de ne jamais faire la critique des personnes avec lesquelles on s'est trouvé par agrément chez des amis, où elles pouvaient se croire en sécurité, ni prendre acte de leurs paroles pour les reproduire au dehors et en tirer des conséquences. C'est une action malhonnête, quelque guet-apens.

* *

L'avantage de tous ne compense pas l'injustice faite à un seul..

* *

Il est un art perfide qui consiste à défendre les gens pour les faire plus sûrement attaquer, comme un traître qui se porterait à la défense d'un point faible des murs, pour y attirer l'ennemi.

* *

Les hommes sont, au fond, meilleurs que leurs actes, et c'est là une triste constatation de leur insouciance et de leur manque de volonté, de leur lâcheté. Mieux vaudrait être franchement méchant.

* *
*

Le médiocre est pire que le laid.

* *
*

... Je n'ai pas vu ses défauts, je l'ai regardé avec les yeux de l'impartiale indifférence, non avec les yeux de l'amitié.

* *
*

Améliorez chacun selon son propre idéal, et ce qu'il peut comprendre : ce qui est bon pour l'un n'est pas compris par l'autre et reste sans effet.

* *
*

Quel tendre charme et triste dans une rose effeuillée, qui s'est épandue sur la petite table, autour du verre d'eau! — Et pourtant

essayez de faire cet arrangement, rien de
plus disgracieux et vulgaire.

C'est le mystère éternel de la nature et des
choses inapprêtées.

5 mars.

Ce matin, la femme d'un de nos ouvriers
passait devant ma porte, rudoyant un petit
garçon roux aux cheveux coupés en décrot-
toir. Le tableau était charmant et le gamin
pittoresque. Je m'informai. Il paraît que ce

jeune observateur posait beaucoup de questions et mettait une insistance indiscrète à être renseigné sur les nombreux cas, qui faisaient l'objet de ses investigations. Comme il était parti, attiré par des camarades qui construisaient un tourniquet sur un ruisseau. image de nos travaux d'usine, j'en profitai pour sermonner la mère plutôt que l'enfant.

C'est dans les villes comme dans les campagnes, chez les riches comme chez les pauvres. Les parents ont le tort de ne pas prendre en plus grand souci les préoccupations des enfants. Ils devraient, au contraire, écouter leurs impressions toutes fraîches rapportées de l'école, les discuter, leur en montrer le bon ou le mauvais sens, redresser leurs jugements, combattre leurs préventions contre certains de leurs petits camarades, leurs injustices. Ce devrait être le sujet des conversations de la famille réunie autour de la table, à l'heure des repas. Que de profit à tirer de pareils entretiens qui formeraient le meilleur

des cours, le plus important, celui de la vie en
action. Les parents devraient diriger le ver-
biage des enfants au lieu de le trouver incom-
mode, quand ils n'imposent pas le silence à ce
qu'ils traitent si légèrement de bêtises. Et si
ce sont des bêtises, ne vaut-il pas mieux les
rectifier que de les taire et risquer de voir
pousser rapidement cette ivraie, car les défauts sont de croissance vivace et les qualités
de culture délicate. Les enfants devraient
fournir le thème des causeries familières, où
il faudrait mettre beaucoup de tact, de simplicité et de bonne humeur. Surtout pas d'en-
nui. La vertu n'est pas morose.

8 mars.

Les pamphlétaires!

Taine blâme Napolon d'avoir dans sa jeunesse trop fréquenté les militaires et méprisé les civils.

Yung, autre détracteur, lui fait le reproche contraire de s'être tenu à l'écart de ses collègues militaires.

Lequel croire? — Ni l'un ni l'autre.

*
* *

Des faits dénaturés, mal connus, mal compris, mal jugés ou présentés avec mauvaise

foi par des contemporains suspects, copiés
plus tard sans discernement par des chroni-
queurs sans conscience! Voilà ce qu'est l'histoire où viennent encore travailler les détrac-
teurs de métier et de tempérament.

10 mars.

Alexandre César. Napoléon.

Ces grands noms de l'histoire furent souvent comparés et rapprochés, sans parler
d'Annibal qui fut un hardi capitaine, mais

qui n'eut pas de conquêtes à administrer.

Si l'on considère qu'Alexandre s'attaqua à des nations déchues et énervées, ces peuples asiatiques étaient sans valeur ; — ne vit-on pas plus tard Lucullus, avec quinze mille légionnaires, tailler en pièces l'armée de Tigrane qui comptait deux cent soixante mille combattants, Tigrane, le plus puissant monarque de l'Asie ; —

Si l'on réfléchit que César, dans toute l'expérience de la vie, il avait quarante ans, combattit, à la tête des troupes les plus entraînées et les mieux exercées, des hordes valeureuses, mais sans tactique, sans discipline et moins bien armées que les légions, — les Gaulois ne surent jamais tirer aucune expérience de leurs défaites, ce furent toujours des massacres ; —

On reconnaîtra que Napoléon fut d'un génie supérieur, en songeant qu'avec des soldats improvisés il vainquit à vingt-sept ans des armées non-seulement plus fortes en nombre, aguerries, disciplinées et bien armées, mais encore commandées par des maréchaux qui étaient les célébrités de leur époque.

L'ambition de Napoléon fut aussi plus noble. César exploita les troubles de Rome, et les aggrava par la corruption des magistrats et l'intrigue populaire, pour rendre son intervention nécessaire. Napoléon, lui, fut étranger aux désordres de la République et n'eut qu'une grande préoccupation, celle de réorganiser ce qui était désorganisé. Au milieu de ses guerres il créa des institutions admirables et rêva toujours, quand sa puissance eut été assurée par une paix finale, d'une gloire civile supérieure à celle de ses armes. Ce regret de Sainte-Hélène de n'avoir pu fonder toutes les institutions que sa vaste intelligence avait conçues, est peut-être ce qu'il y a de plus grand dans ce grand homme.

15 mars.

La matière!

On nous dit que l'homme vient de la matière, c'est un phénomène merveilleux et bien inacceptable pour la raison que cette force inconsciente qui dispense à l'homme une intelligence, qu'elle n'a pas elle-même. Peut-on concevoir une plus absurde proposition! Une science qui ne donne pas en ses fins satisfaction à la raison est une fausse science.

L'homme vient de la matière! C'est admirable, et l'on peut s'étonner alors que cette belle transformation se soit arrêtée en si bon chemin, quand il lui restait relativement peu de chose à faire pour arriver à la perfection. Comment cette progression s'est-elle arrêtée où nous en sommes, comment l'humanité, depuis tant de siècles de souffrances, n'est-elle pas arrivée à supprimer ses maux, ses inquiétudes et ses angoisses? Pourquoi cette humanité est-elle restée stationnaire quand elle était si près de son but, car il y a déjà des milliers d'années que des civilisations existaient, dont le souvenir nous étonne encore, et l'humanité a toujours les mêmes douleurs. Cependant, il y eût eu moins de prodige à franchir ce dernier échelon, à faire de cet homme civilisé un être parfait, qu'à la matière inerte de s'être transformée jusqu'à l'homme.

Certes, les notions d'humanité se sont modifiées, mais l'homme lui-même est toujours resté l'homme et l'a toujours été ; sinon, dans cette transformation toujours progressive, il serait déjà devenu quelque divinité d'une mythologie nouvelle !

17 mars.

Le darwinisme.

En voulant tout ramener à leur théorie, les savants en arrivent souvent à une manie étroite qui leur fait perdre tout bon sens. Possédés d'une idée fixe à laquelle ils réduisent tout, ils généralisent jusqu'à l'absurde et tombent dans l'erreur des systèmes.

Pythagore, savant mathématicien, épris de science géométrique, rapporte tout aux nombres et aux lignes, il leur attribue des vertus supérieures et croit trouver dans leurs combinaisons des pouvoirs merveilleux qui lui font expliquer l'univers.

Darwin, naturaliste, fait tout rentrer dans sa théorie de l'origine des espèces.

Cette doctrine prétend que, par une évolution lente, tout s'enchaîne dans la création et que l'homme est en quelque sorte un animal, peut-être même un végétal, arrivé à l'état de perfection. Elle explique que suivant leurs besoins, les animaux, développant leurs sens, parviennent à les modifier graduellement. Cela est sans doute vrai dans de justes limites et l'on voit des espèces s'améliorer, mais de là à conclure qu'elles se transforment au point d'en créer d'autres toutes différentes, c'est autre chose. Jamais un être entièrement privé à l'origine d'un sens quelconque n'est arrivé à l'acquérir : il a pu développer un organe qui n'était qu'à l'état embryonnaire, mais non pas le créer.

Prétendre qu'une espèce arrive à en produire une autre et que l'homme soit né de ce développement est une erreur qui révolte la raison et le bon sens, supérieurs aux sciences préconçues.

Il faut tenir pour une des meilleures preuves de la fausseté de ce système que beaucoup d'animaux ont des sens bien plus exercés, plus délicats, plus sensibles que l'homme, et qu'ils n'en restent pas moins des animaux. Sans parler du goût et du tact, il est certain que chez un grand nombre d'entre eux la vue, l'ouïe et l'odorat sont autrement plus affinés que chez l'homme.

La ressemblance des organismes n'est qu'un argument sans valeur. Quoi d'étonnant à ce que l'organisme de l'homme et des animaux soit le même. Le contraire serait surprenant. L'homme, en ce qu'il a de matériel, participe nécessairement de la vie matérielle de tous les êtres. Tout ce qui est terrestre doit vivre dans les conditions physiques et physiologiques de la vie terrestre.

Il y a, à toutes sortes de degrés, des animaux d'organismes plus ou moins complets, plus ou moins parfaits. C'est ainsi que, — des plus rudimentaires aux plus développés, en passant par tous les degrés intermédiaires, — on arrive à établir, dans l'infinie variété de l'échelle des êtres, une sorte de gradation qu'on prend pour une transformation. Cette filiation est toute fictive et captieuse, car cet état à des degrés divers est permanent chez chaque sujet. Sinon, pourquoi cette évolution se serait-elle arrêtée à l'homme? Pourquoi ne s'est-elle pas continuée? Cependant l'homme n'est pas arrivé à un état parfait malgré toutes ses aspirations et ses désirs. Les anciennes civilisations ne nous le montrent pas autrement qu'aujourd'hui, avec les mêmes sens et les mêmes passions.

Et si le singe a produit l'homme, quel est l'animal qui a produit le singe? Est-ce la girafe, le lion, l'éléphant? Qui, quoi? — Soyez sûr que si les oiseaux ont écrit leur histoire, ils ont toujours été oiseaux.

Comment aussi expliquer dans cette filiation la disparition de certaines espèces? Que devient alors, dans ces transformations successives, la chaîne dont ces chaînons manquants doivent faire des solutions de continuité?

Remarquons en outre que l'instinct des animaux ne varie guère. On le voit toujours, dans une même espèce, rester le même dans tous les temps. Cet instinct ne progresse pas, et il n'y a rien chez les animaux qui soit une corrélation à la civilisation de l'homme. Si l'on y voit parfois des variantes, ce sont des résultats de dressage ou d'améliorations obtenues par l'homme, pour son utilité, mais rien de spontané, d'inné ou de naturel.

On a beau nous dire que les animaux se perfectionnent et se modifient suivant une tension lente, une sorte d'effort insensible et continu dans la succession des générations. Si cela était vrai, cette tension porterait le lion à développer encore la force de ses crocs et de ses griffes, mais non pas à développer des facultés morales, dont il faudrait aussi noter et expliquer l'apparition.

Le désir, la satisfaction des instincts développent les sens et non l'esprit. A quel moment est intervenue la loi morale?

Douteuse et suspecte au point de vue physiologique, que devient cette doctrine quand on veut en tirer des conclusions philosophiques et morales, que Darwin lui-même a prudemment évitées? Comment pourrait-elle expliquer la conscience au fond de nos cœurs, le ciel étoilé au-dessus de nos têtes?

La science sans bon sens est l'inutile science. La science est humaine, le bon sens est d'essence supérieure, c'est le don précieux que rien ne peut acquérir, et que possèdent seulement ceux que les anciens appelaient « amis des dieux ».

18 mars.

La faculté passionnelle, en dehors des nécessités physiques, est une faculté imaginative. L'homme s'abandonne en tout temps à
la passion que crée son imagination.

Les animaux, au contraire, ne cèdent qu'à
des besoins purement matériels et n'obéissent
qu'à des instincts que seules les nécessités
physiques rendent impérieux. En dehors des
époques déterminées par la nature pour leur
reproduction ils ne se recherchent pas, et
c'est là encore un signe de leur absence de
faculté imaginative et raisonnée.

Il n'est aucun argument qu'on soit en droit

de négliger contre certaines théories, et
celui-là ne semble pas être sans valeur.

20 mars.

Il est étrange de voir rappeler dans les
« Souvenirs de jeunesse » des littérateurs et
des artistes, des noms de leurs camarades
d'alors, dont l'originalité et la supériorité pro-
mettaient un brillant avenir, et dont plus
jamais on n'a entendu parler. Peut-être ont-
ils dédaigné de faire quelque chef-d'œuvre

inutile, peut-être ont-ils joui et souffert avec fierté, sans étaler leur cœur dans des livres, sans profaner le sanctuaire divin de leur âme!

21 mars.

Joad et Josabeth sa femme sauvent au péril de leur vie Joas des fureurs d'Athalie. Ils le cachent dans le temple de Jérusalem, jusqu'au jour où le grand prêtre Joad fait reconnaître roi cet enfant.

Peut-être Joas était-il alors, comme l'a représenté Racine dans sa tragédie d'*Athalie*, cet Éliacin à la figure charmante et douce. Et cet enfant devenu roi fit périr plus tard dans les tortures Zacharie, homme de bien, fils de ses bienfaiteurs, fils de Joad et de Josabeth !

Pauvre humanité !

25 mars.

Les mystères antiques.

Quand Pythagore vint en Orient pour étudier les sciences ésotériques, espérant trouver dans le dépôt sacré de leurs traditions quelque vérité qui vienne éclairer les inquiétudes de son vaste esprit et l'aider à pénétrer le secret de l'univers, il passa plus de vingt ans dans le temple de Memphis en Égypte et douze ans dans les sanctuaires de Babylone. Trente-deux ans de silence et de méditation dans l'évocation de ces religions occultes, dans

la contemplation de caractères étranges et
mystérieux, dont il fallait déchiffrer le sens
et interpréter les signes !

Quelle obsession devait finir par s'emparer
de ces initiés qui, muets, erraient de longues
années à travers ces cryptes secrètes, et dans
ces salles en hypogée, immenses et silencieuses! A quelles idées fixes effrayantes ne
devaient-ils pas être en proie! Ils en gardaient
une tristesse incurable.

Toutes ces religions étaient vaines. Leur
fin était bien de comprendre et d'expliquer
le mystère de la vie, mais elles ne le rendaient
que plus obscur et plus impénétrable à travers leurs symboles et leurs magies. Ces
mystères d'Égypte et d'ailleurs étaient restés
stériles : ils n'avaient rien ajouté à ce que
l'intuition, au fond du cœur de l'homme,
révèle à toute pensée que les grandes vérités
préoccupent. Qu'avaient fait pour le bien du
monde, pour soulager ses angoisses maté-
rielles et morales, toutes ces théocraties, ces

initiés, ces prêtres dans leurs forêts ou au fond de leurs cryptes!

Rien. — Aussi ne demeura-t-il rien de ces temples.

Combien belle et divine la parole du Christ, quand il dit plus tard : « Ces choses ont été dévoilées aux simples. » — Au fond de tout cœur simple et bon est la Science de la vie.

27 mars.

Les plus douces émotions d'amour ne sont-
elles pas dans les jours qui l'ont précédé?
Alors ce n'est donc pas l'amour lui-même qui
offre tant de séduction, mais le rêve qu'on se
faisait, tout l'idéal toujours cherché !

Aussi, bien des femmes dans leur délicatesse
éprouvent-elles une déception du mariage qui
ne réalise pas tout leur roman de jeune fille
Mais la raison, la dignité, le respect même de
leur rêve, ou quelque résignation admirable
permet au temps d'adoucir leur déception et
de leur apporter dans la suite un peu de bon-

heur et d'autres joies. — Il en est aussi qui recherchent de nouvelles expériences et sont tout à fait malheureuses.

Honorons la sainteté des premières qui souvent furent les plus passionnées et les plus déçues, — et soyons indulgents à celles qui n'ont pas voulu se résigner à ne pas croire aux amours parfaites.

2 avril.

Je fais mes dernières promenades. Je vais quitter cette nature accueillante où j'ai trouvé l'apaisement, où je me suis fortifié contre les heurts de la vie.

Tout m'était devenu familier dans ce coin du monde, où je n'ai trouvé que de pures jouissances. Je suis revenu m'asseoir à ma place préférée, |sous un bouleau d'où se découvre tout l'horizon. Ses branches retombent et son feuillage léger n'empêche pas de voir le bleu du ciel, ni de recevoir dans les jours d'orage quelques gouttes de pluie bienfaisantes.

C'est là que j'ai cherché à comprendre la

vie comme elle est, si contraire aux aspirations de notre cœur, avec des inquiétudes, des réminiscences infinies, comme le regret d'un songe heureux qu'on ne retrouve plus.

Cette fin de journée est navrante pour moi dans sa beauté, déchirante comme le dernier rendez-vous d'amants que la fatalité sépare.

A l'horizon le lac se perd dans la brume où se détache la blancheur éclatante d'une voile qu'un rayon invisible éclaire. Plus loin une forme se dessine encore, très-vague, disparaissante. Nulle part on ne saurait trouver si tendres nuances que celles des vapeurs roses et grises qui enveloppent le paysage, avec des bleus légers dans le ciel, atmosphère de rêverie, où reviennent bien des souvenirs, des joies, des peines, tous les « leitmotiv » de la vie. — Hélas, il me faut toujours du tendre et je ne l'ai trouvé que dans la solitude consolante.

Combien cette année m'a été réconfortante !

Je retourne au monde, vivifié et retrempé. J'ai
compris que les résolutions au bien doivent
être autre chose que de brillants thèmes de
conversations de dessert, de fins de repas
d'amis; que se créer une émotion fugitive,
qu'aucun acte de bonté ne doit suivre, est le
fait honteux du plus vil égoïsme, que toutes
les théories ont été faites, toutes les philoso-
phies, et qu'elles sont restées vaines, tandis
que les mettre en pratique simplement, avec
une continuité de volonté que rien ne doit
fléchir, une persévérance qu'aucune rechute
ne peut décourager, est le principal point de la
Science de la vie.

L'ombre monte. Au couchant, les montagnes d'un bleu profond se découpent sur le
ciel rouge, et tout près, les bois noirs sont
réfléchis dans l'eau d'une mare dont la nappe
fait une grande tache de lumière nacrée, avec
des reflets verts cuivrés comme les oxydes de
vitrifications antiques. Autour, des plantes
s'irisent. Le ciel se colore insensiblement de

teintes plus délicates, mauves, si douces que
l'effet n'en est plus terrestre. Un fin croissant,
jaune d'or très pâle, apparaît dans cet enchantement du crépuscule...

12 avril.

Je monte une dernière fois dans ces forêts
de sapins, où les grands troncs parallèles,
comme des piliers de cathédrale, s'alignent
dans une clarté violette. Aucun spectacle de la
nature n'offre plus de recueillement et de

mystère que cette eurythmie et ce silence qui me pénètrent d'une impression de grandeur et de solennité religieuse. Sans doute l'évocation de semblables visions inspira les artistes gothiques dans leurs chefs-d'œuvre de l'architecture chrétienne, avec ses admirables lignes qui montent vers le ciel.

Tout dans ce silence invite à la méditation. C'est dans de tels moments que toujours revient le troublant problème de la vie.

On ne peut, on ne doit pas comprendre ce mystère. L'homme n'est pas un être parfait et ses faibles connaissances sont bornées par les cinq sens dont il dispose. Comment pourrait-il résoudre de si grandes questions, d'une nature immatérielle et infinie, quand il ne peut même expliquer certains phénomènes visibles, tangibles, des forces magnétiques dont il voit et utilise les effets, sans en définir les causes et les manifestations autrement que par des théories obscures et embarrassées. Les hypothèses si nombreuses des

sciences, les divergences et les contradictions
des savants sont une preuve de ce désarroi et
de cette impuissance.

La conscience au fond des cœurs, l'invisible
reste inviolé. C'est dans ce sanctuaire, où
pleurent toutes les pitiés, où chantent tous les
espoirs en un règne d'ineffable amour, que
s'éclaire le mystère de Dieu et de la vie. Au
fond du cœur sont les aspirations déçues, une
passion douloureuse de justice et de vérité
que rien n'accomplit, toutes les agitations et
les angoisses de l'âme meurtrie attendant des
destinées plus hautes et plus pures.

Par une sorte de malédiction, l'homme vit
sur la terre avec toutes les tortures morales
d'un être supérieur à son état présent : il
voudrait l'absolu et ne trouve jamais qu'une
vulgaire et misérable médiocrité. Avec des
connaissances limitées à des sens incomplets
et défectueux, avec les inquiétudes d'une
énigme que sa pauvre science ne peut lui
expliquer, avec ses incertitudes, ses doutes,

ses désespoirs, ses deuils, ses amours si tôt
séparées, ses apparences de bonheur si vite
évanouies, avec tous ses désenchantements,
l'homme, dans la disproportion douloureuse
de son esprit et de son corps, de ses rêves
infinis et de la réalité brève où tout est fragile
et précaire, vit inconsolé de l'irréalisé, de
l'irréalisable, de tout ce qui est inachevé.

Il faut traverser ces épreuves. La terre
est le champ d'expérience de cette initiation.
Ce qu'il y a de beau dans la nature, ses gran-
deurs imposantes et ses charmes délicats, ses
aurores et ses fleurs, la solennité des hivers et
l'enchantement des printemps, est fait pour
nous élever l'esprit et nous pénétrer d'une
émotion salutaire qui nous inspire la passion
de la Beauté, de la Justice et de la Vérité.

Tout ce qu'il y a de mauvais, les fléaux, les
crimes, les iniquités, les êtres malfaisants,
tous les maux, sont pour l'homme une occa-
sion de s'aguerrir, de manifester sa pitié et
d'exercer sa charité.

Par des actions nobles et généreuses, par
son abnégation et son sacrifice il doit sur-
monter et vaincre le mal, aider à toutes les
misères. Une vie qui ne profite qu'à soi-même
est inutile. C'est dans cette lutte qu'apparaît
l'homme moral, l'homme qui a conscience du
bien et du mal. Le mal le sollicite par ses
séductions immédiates et ses jouissances
égoïstes. Il faut passer à côté de ces ten-
tations par un effort constant vers le Bien.
Il faut être sans défaillance contre les déceptions : sans l'ingratitude, que serait le bien-
fait ? — L'observation exacte des prescrip-
tions religieuses est insuffisante et inefficace,
les croyances passives sont vaines et vaine est
la foi même sans les actes. Tels sont les
commandements des Saints Évangiles, que
des enseignements postérieurs ont altérés. Un
seul acte de miséricorde vaut mieux que toutes
les doctrines. Il faut l'action, l'action bienfaisante qui lutte contre le mal. Ce n'est pas par
d'inutiles spéculations philosophiques et de

stériles interprétations de textes, car la persévérance à devenir simplement meilleur est
au-dessus de tous les dogmes, mais par une
action de bonté et de charité qui rayonne
autour de lui, que l'homme, à travers les
épreuves qui purifient, doit s'acheminer vers
des destinées nouvelles, où les nobles passions
le conduisent. — Les luttes de la vie sont les
degrés de cette initiation.

Il faut creuser son sillon au grand soleil, le
cœur quelquefois bien gros, en étouffant nos
regrets et nos sanglots, bien faire sa rude
journée, et le soir, en regardant le ciel étoilé,
se dire en toute confiance que s'il est de
mondes plus désolés encore que le nôtre, il en
est certainement de meilleurs, où se conti-
nueront les rêves inachevés, où, par l'effort de
la sympathie, par le souvenir fidèle et constant qu'aucune si longue absence n'aura pu
abolir, les pures affections, si désespérément
séparées, se réuniront encore. Pauvres et
misérables amours terrestres si tourmentées,

si pleines de regrets, elles se retrouveront parfaites, et, si la vie n'y doit pas être éternelle, qu'après avoir goûté les joies divines, confondues dans une même extase et un long embrassement, elles se dissipent sans laisser derrière elles nulle dépouille misérable et profanée !

FIN

SAINT-DENIS. — IMP. H. BOUILLANT, 20, RUE DE PARIS. — 11812